KB272388

방황하는 영혼들을 위한 간이 지침서

방황하는 영혼들을 위한 간이 지침서

발행일   2026년 5월 4일

지은이   남나
펴낸이   손형국
펴낸곳   (주)북랩

출판등록 2004. 12. 1(제2012-000051호)
주소   서울특별시 금천구 가산디지털 1로 168, 우림라이온스밸리 B동 B111호, B113~115호
홈페이지 www.book.co.kr
전화번호 (02)2026-5777   팩스   (02)3159-9637

ISBN   979-11-7598-275-8 03810 (종이책)   979-11-7598-276-5 05810 (전자책)

작가 연락처 문의 ▸ ask.book.co.kr
전용 게시판에 문의를 남기시면 저자에게 직접 전달됩니다.

(주)북랩 성공출판의 파트너

북랩 홈페이지와 SNS에서 다양한 출판 솔루션을 만나 보세요!

홈페이지 book.co.kr   •   **블로그** blog.naver.com/essaybook   •   **출판문의** text@book.co.kr
카톡채널 북랩

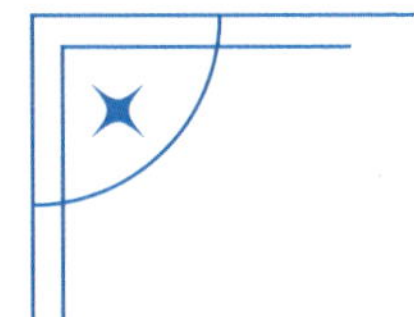

방황하는 영혼들을 위한 간이 지침서

남나 지음

본 지침서는 독자들에게 직접적으로 명확한 방향을 제시하거나 명시적인 길로 인도하는 개념을 갖고 있지 않다.

인간 내면 가장 깊숙이 자리 잡은 의식의 표현인 영혼이 단지 인간 언어로만 정확히 서술되기는 어렵다. 기나긴 세월에 걸쳐 발생하고 형성되어 온 인간만의 그 특별한 사고 능력은 아직 그 무엇으로도 정확히 설명되지 않는다. 그리하여 인간은 영혼을 언급함으로 또한 인간으로서 살아있음을 증명하려 한다. 간결한 개념으로 설명되진 않는 그것이 바로 인간이기에.

그 경이로운 의식의 최종 단계에서 어려움을 겪고 있는 수많은 사람을 본다. 흔히 그 사람들은 주위에 드러나지 않으며 혼자 그 깊은 수렁에서 괴로워하고 있다. 그 괴로움이 때로 자신과 주변 사람들에게 참혹한 결과를 가져오기도 하고 사회 전체에 파국적인 영향을 미치기도 한다.

오랜 과거부터 인간은 이러한 문제가 인간 삶의 전반에 걸쳐 깊숙이 관여하고 있음을 본능적으로 인지하고 있었고, 일부 놀라운 지성들에 의해 언어의 영역으로까지 표현되며 극복을 위한 집단 지성의 탐구 대상이 되기도 했다.

철학, 종교, 사상 등 학문은 인간이 이러한 내면의 문제에 대한 두려움과 절망을 표현하고 극복하고자 하는 과정에서 자연스럽게 등장했다. 그러나 수많은 인간의 이 복잡 난해한 궁극의 의식 작용을 어찌 인간 스스로 정확히 정의하고 그에 대한 해법을 명시적으로 제시할 수 있겠는가. 심지어 인간의 숫자만큼이나 많은 해답이 제시될 수도 있을 것이다.

따라서 본 지침서도 개개인의 영혼에 알맞은 해법을 모두 세세히 전달할 수는 없다. 그래서 본 지침서는 '간이' 지침서이다. 영혼의 방황은 개개인의 헤아릴 수 없이 많은 상황과 연결되어 있을 것이고, 그 개개인이 처한 상황은 항상 모두와 다를 수밖에 없다. 만약 완성형의 지침서가 존재하려면 방황하는 영혼의 숫자만큼이나 많은 페이지가 투입되어야 할 것이며, 시대에 따라 매번 다시 수정되어야 할 것이다.

해서 본 지침서가 전하고자 하는 내용은 인간 의식의 유일함과 특별함 그리고 고귀함을 인지하기 위한 설득에 가깝다. 그리고 인간이 속한 우주의 운행을 이해하며, 그 속에 인간의 위치를 인식하고, 우주와 주고받는 작용의 실체를 근원적으로 살펴본다. 또한 인간의 실체와 인간과 사회의 관계를 고찰하고 거기서 자신이 어떤 중심을 잡아야 할지를 생각한다. 장소와 시간에 구애받지 않는, 보편적이며 우주 전체를 꿰뚫는 지혜에 대한 물음이다. 이러한 질문에 대한 해법을 찾아가는 과정에서 자연스럽게 독자는 자신 존재의 실체를 어렴풋이나마 파악하게 될 것이고, 직면한 문제들을 극복할 수 있는 두터운 마음을 얻을 수 있을 것이다.

본 지침서 속에서 독자는 우주 전체와 비교되기도 하고 보잘것없는 티끌에 비유되기도 한다. 하지만 전하고자 하는 뜻은 흔들림 없이 한 방향으로 향할 것이니, 단어 하나하나에, 문장 하나하나에 집착하지 말고 행간을 읽어 글 전체의 의미를 파악해야 할 것이다.

명심해야 할 것은 본 지침서는 말 그대로 '지침'이지 '위로'를 전하는 글이 아니라는 것이다. 독자의 영혼을 강하고 두텁게 만들기 위한 조언과 격려이고 때로 질타에 가까울 수도 있다. 진심 어린 따뜻한 위로를 전하는 아름다운 글들은 또 그 글들 나름의 힘이 있을 것이나 본 지침서와는 방향이 전혀 다르다.

지침서의 글들에게 제목을 부여하지는 않았다. 글은 생명을 가지고 있다. 누군가에게는 이러한 의미로 다가갈 것이고, 다른 이에게는 저러한 의미로 다가갈 것이다. 물론 글이 나아가는 방향은 항상 일정하다. 하나의 목표를 향하고 있어도 각기 다른 길이 있을 것인데, 제목으로 인해 지레짐작한 독자가 편향된 길로 들어서면 글 전체의 의도가 왜곡될 수도 있다.

처음 가벼운 마음으로 눈으로 한번 읽어보면 될 일이다. 단지, 글 하나하나는 독립적인 것으로 전후의 글들과 맥락을 연결하는 우를 범하지만 않으면 된다. 그리고 이후 마음으로 읽고, 가슴으로 읽고, 그리고 영혼으로 읽는다면 행간의 뜻이 서서히 파악될 것이다.

어떤 독자에게는 이 글이, 다른 독자에게는 저 글이 그 영혼에 울림을 줄 수 있을 것이다. 모든 글이 모든 독자에게 가 닿을 수는 없을 것이나, 단 한 사람이라도 이 지침서의 글 하나를 읽고, 단 하루만이라도 편안하고 긴 숙면에 빠질 수 있다면, 이 글들이 결코 헛된 것은 아니리라.

   P.S. 본 지침은 철학(philosophy)도 아니고, 종교(religion)도 아니고, 사상(thought)도 아니고 단지 사실(fact)일 뿐이다.

2025년 겨울의 어느 날,

남나

목차

4　　| 본 지침서를 읽기 전에

14　　무제 1997

16　　무제 36

18　　무제 628

20　　무제 2027

21　　무제 551

22　　무제 12

24　　무제 3569

26　　무제 869

28　　무제 399

30　　무제 742

32　　무제 90

33　　무제 1556

34　　무제 3299

36　　무제 5352

38　　무제 779

40　　무제 4322

42　　무제 4723

44　　무제 571

46　　무제 46

48　　무제 2569

50　　무제 564

52　　무제 6328

53　　무제 4213

54　　무제 406

56　　무제 308

58　　무제 3

60　　무제 992

62　　무제 5217

64　　무제 4427

65　　무제 6633

66　　무제 8868

68　　무제 24

70　　무제 009

71　　무제 9123

72	무제 47	101	무제 2219
73	무제 411	102	무제 5911
74	무제 887	104	무제 856
76	무제 4620	106	무제 94
78	무제 6771	107	무제 81
79	무제 61	108	무제 996
80	무제 2008	111	무제 39
82	무제 3205	112	무제 3522
84	무제 2333	114	무제 129
86	무제 71	117	무제 3331
88	무제 2119	118	무제 6955
89	무제 72	120	무제 118
90	무제 821	122	무제 834
92	무제 82	124	무제 005
94	무제 477	126	무제 4772
96	무제 5004	129	무제 29
98	무제 259	130	무제 492
100	무제 37	132	무제 637

134	무제 619	163	무제 62
135	무제 407	164	무제 8291
136	무제 8712	166	무제 117
138	무제 11	169	무제 6225
140	무제 414	170	무제 2553
142	무제 6213	172	무제 373
144	무제 3291	174	무제 7417
145	무제 378	176	무제 1001
146	무제 217	178	무제 6438
148	무제 97	180	무제 6269
150	무제 622	182	무제 86
152	무제 811	184	무제 5224
153	무제 541	186	무제 499
154	무제 1622	188	무제 4004
156	무제 7336	190	무제 637
158	무제 711	192	무제 551
160	무제 139	194	무제 1164
162	무제 7213	196	무제 219

무제 1997

아스라한 별빛이 나와 부딪히고 부수어져
공간이 하늘거리며
시간을 살포시 밀어내는데
기나긴 먼 세월을 우아하게 날아와
여기 있는 또 다른 자신과 만나
그 깊고 깊은 이야기를 들려주려 하네

고귀하고 아름다운 존재여
그대 속에 내재되어 있는
그 경이로운 의식은
내가 날아온 그 먼 거리보다 넓고
내가 날아온 그 긴 시간보다 깊으니
그대 자신이 바로 우주의 궁극이라

그대를 완성하기 위해
그대를 이 우주에 존재키 위해
가없는 세월 동안 뭉치고 흩어진
그것의 전령인 나는 이렇게 고한다

존재란
그 존재만으로
이미 그 존재에게
그 무엇과도 바꿀 수 없는
하나의 실체이니
그대와 그대 주위의 모든 존재를
지극히 사랑하라

무제 36

삶이란 규칙을 모르고 뛰어든 게임과 같아
그대는 게임의 관찰자가 아님을 명심해
모든 것을 배워가는 과정이야
게다가 게임의 규칙도 시시각각 변해
그 변화 속에 능동적으로 뛰어들어
찰나에 지나가는 행운도 움켜쥐고
때로 주위의 조언도 들어가며
때로 통렬한 실패도 맛보며
때로 치욕스런 비웃음도 받아가며
때로 환희의 절정을 맛보기도 하며
그렇게 저 높은 곳으로
한 층 한 층 쌓아가는 성(城)이라
그 과정에 완성이란 없어

다만 길이 있을 뿐이야

관념적 형태를 가진

무언가를 만들어 가는 여정

옳고 그름의 잣대는 신기루와 같은 것이니

다만 그 마지막 날에

그 결과물의 모습에 대해

스스로 부끄러워하지 않으면

그걸로 족한 거야

무제 628

한 걸음만 늦게 걸어 보자

그러면

내가 듣지 못하고 지나친

수많은 아우성들이

결코 그냥 지나쳐서는 안 되는

수많은 그 영혼의 울림들이

퍼붓는 비처럼 내 몸을 적실 것이니

그 젖은 몸을 절절히 느껴 보자

내가 무엇을 놓치고

그리 살아가고 있었는지

내가 무엇을 지나쳐 버렸는지

그것이 나에게 무엇이었는지

그로 인해

내 생의 시간이 얼마나 단축되었는지

그걸 번개처럼

내 뇌리를 스치게 만들어 보자

그리하여 찰나가 영원이 되는

그 강렬한 카타르시스를

스스로에게 던져 보자

무제 2027

스쳐지나가는 하찮은 일상의 군상들

그들이 바로 삶으로 향하고 있고

그 삶이 있어 인류가 명맥을 잇고 있다

역사 속의 거창한 영웅들과

현실의 위정자들

그들은 행위는 항상 파괴에 가깝다

실제 이 인류를 면면히 존재케 하는 것은

무심히 우리 곁을 지나가는

초라하고 하찮게 보이는

그 한 사람 한 사람의 작은 일상이니

그리하여 그대의 삶에 대한 작은 몸부림이

바로 인류를 존재케 하는

위대한 행위임을 잊지 말라

무제 551

영원할 수 없는 모든 것은

지금을 살아간다

이 지금이 바로 그대 존재이며

이 지금이 바로 그대 살아있음이다

지금이 결코 사라지지 않음은

그것이 바로 영원이니

그대가 인지하고 사고하며 살아가고 있는

바로 이 지금을 무한이 만끽하라

무제 12

아무것도 없는 상태라는 것은

원래 존재할 수 없는 상태이다

어리석은 인간들이

스스로의 존재에 현혹되어

있고 없음을 논하고

있음의 이유를 무한히 찾고 있다

있음의 원인을 무한히 찾고 있다

있음의 과정을 무한히 찾고 있다

어떻게 있게 되었는가를 찾기 전에

없음에 대해서

먼저 생각해 보아야 할 것을

어찌하여 없음을

당연히 태초라 생각하는가

모든 것이 완벽히 상쇄되어 사라진 상태가

바로 그 없음이다

그런 상태가 과연 존재하는가

그런 상태가 가능한가

그 이치를 먼저 깨닫는다면

존재 자체에

과정이 필요치 않고

이유가 필요치 않고

원인도 없다는 걸 알게 될 것이다

그리하여 그대가 여기 지금 존재하니

거기 특별한 어떤 것이 관여한 흔적은

전혀 없음이라

무제 3569

주위 어디에나 경계가 있다

일부는 물리적인 것

일부는 인간 심리에 의한 것

일부는 명문화된 규칙에 의한 것

일부는 타인에 의해 만들어진 것

그리고 존재가 있는 모든 곳에 존재하는

자연법칙에 의한 것

그대는 어떤 것이 갇혀 있는가

그대가 갇힌 경계가

뚫을 수 있는 것이던가

만약 뚫을 수 없다면

그대가 그 경계의 일부이기 때문이라

해서 헛된 힘을 쏟을 필요 없고

절망할 필요도 없다

단지

그대가 넘을 수 있는 경계에만 집중하라

그 경계는

온전히 그대가 만든 것일지니

무제 869

때로

기댈 때는 기대어야 한다

그게 무엇이 되었든

사람이라

결국 사람에게 기대는 게 본능일지니

누군가에게는 길고

누군가에게는 짧은 인생이지만

우리는

어차피 그 누군가에게 기대어 살게 마련

그리고

누군가는 또 그대에게 기댈 것이라

서로서로

기대어 그리 의지하며 재잘대며 사는 것

그게 너와 나의 인생이거늘

지금 당신이 기댈 누군가도

반드시 당신 주위에 있으니

그를 꺼려 말고

기대어 그대의 피곤한 영혼에 휴식을 주라

그리하여 그대가 다시 힘을 얻었거든

훗날 그대도 누군가에게

그 어깨를 아낌없어 내어주어

쇠잔해진 그 힘든 영혼에 위로를 주라

무제 399

내 이 먼지 같은 자아가

무한한 우주에 외침을 전하는 유일한 방편

그래서 나는

내 혼을 터지듯 퍼트리며 노래한다

비록 이 미미한 작열이

포탄 속 벌레의 속삭임 같을지라도

그 울림만큼은

우주에 영원한 주름을 만들리라

하여 나 살아 있음을

나 살아 있었음을

무심한 그들에게 남기리라

아아 이 또한 집착이니

그래서 또한 내가 살아있음이라

무제 742

인간 군상들이 하는 일이란

그들의 본질을 결코 넘을 수 없다

따라서 그들의 역사는

단지 커다란 흐름일 뿐이다

그 거대한 흐름 속에

그대는 떠내려가고 있을 뿐

그대가 그 거대한 흐름을

바꿀 수 없고

그대가 그 거대한 흐름을

바꿀 이유도 없다

단지 그것의 흐름을

올바른 방향으로 나아가게 하고자

노력할 수 있을 뿐이다

그리고 그 노력의 결과에 절망하지 말라

그러한 하나하나의 노력에 의해

그 거대한 흐름은 착실하게 나아가고

결국 기나긴 시간이 흐른 후

그 헤아릴 수 없는 노력이 융합되어

마침내 결과를 맞이할 것이니

그걸 그대 인생에서

체험할 수 없다고 해서

그 행동이 헛된 것은 결코 아닌 것을

해서 그대는 지금 그대가 겪고 있는

그 어떤 상황에서도

결코 절망할 필요가 없다

무제 90

우주는 존재하는 것들의 소유이다

그들이 우주를 만들어간다

창조가 존재를 만든 것이 아니라

존재가 바로 창조이다

그리고 그 존재의 궁극은

의식을 가진 주체이고

그것이 바로 당신이다

그러므로 존재의 이유를 구하지 말 것이며

더더구나 그 이유를 만들기 위해

존재치 않는 어떤 것을 만들어내지 말라

그것이 가장 원초적인 무지를 벗어나는

걸음마의 시작이다

무제 1556

당연하다고 생각되는 모든 것을

한 번쯤 뒤집어 생각할 필요가 있다

반복되는 당연한 일상들 속에

당연히 벌어지고 있는 당연한 일들

그 모든 것이 당연한가

그대의 일상을 지켜주고 있는

그 모든 것들이

정말로 당연히 있어야 할 것들인가

그것들이 누구에게나 당연히 있는 것인가

이제 그대 생각의 틀을 깨라

그래야만

그대 행위가 창조에 접근할 수 있다

무제 3299

조건은

의도치 않은 돌발적인 행동을 강요한다

그러므로 그대가 처한 조건의 제약에

초연해져야 한다

물론 그런 조건 속에 갇히지 않는 것이

더 중요하나

그건 애초 그대 몫이 아닌 경우가 더 많을지니

그래서 이미 그대가 처한 그 현실에서

이제 그대 의지를 분리해

먼 곳에서 바라보라

그리하면

조건의 제약에 걸려 허둥대고 있는

그대 자신을 볼 것이다

거기까지만 갈 수 있으면 되었다

거길 쉽게 벗어나긴 어려우나

거기서 그대가 어떤 행동을 해야 하는지는

이미 알게 되었으니

무제 5352

스쳐 지나가는 모든 것들이

내게 속삭인다

귀로 들리는 속삭임이 아니라

내 영혼으로 바로 스며드는

그런 속삭임이라

그리고 그 속삭임이

내게 자연스럽게 스며드니

무심한 한낮의 햇볕도

살갗을 스치고 지나가는 한줄기 미풍도

여름철 시끄러운 매미의 울음도

겨울철 얼어붙은 앙상한 나뭇가지도

회전하는 밤하늘의 무수한 별들도

내게 쉴 새 없이 속삭인다

이들의 속삭임은 곧 가르침이라

이렇듯 언제 어디서나

가르침은 나를 파고드니

단지 그걸 내 것으로 만들면 된다

이 얼마나 쉬운 노릇인가

무제 779

미래가 이미 정해져 있다는
그런 운명론적인 어리석음에 물들지 말라
그건 그대가 태어나면서부터 가지고 있는
자유의지에 대한 심각한 모독일 뿐이다
그대가 속해 있는
그대를 만들어낸
이 우주 자체가
혼돈에서 튀어나온 확률의 잔해일 뿐이거늘
어찌 정해진 미래가 있겠는가
결국 미래는
그대가 만들어내는 현실과 확률의 뒤엉킴으로
그 존재 가능성을 예측할 수 있을 뿐이다
온전히 그대가 만들지 못할지라도

많은 부분 그대 의지의 결과일 터

하여 그대는 바로 이 지금에 집중하라

무제 4322

새하얀 도화지에

새하얀 새를 그리네

새하얀 도화지에

새하얀 새를 그리려니

새만 빼고

나머지를 칠하는구나

새를 그린 적이 없는데

어느새 새가 그려졌네

세상이라는 관계 속에

힘들게 나를 만들지 말고

주위를 그리 만들어 가면

어느새 나가 그려져 있으려나

무제 4723

유치하고 허황된 욕심에

인간은 미미한 것들에 집착한다

그리하여

마땅히 버려야 할 것을

버리지 못하고

마땅히 버려야 할 때를

지나쳐간다

쥐고 있는 것들은

참으로 하찮은 것들인데

거기 미친 듯 매달려 있는 모습이란

어떤 무언가의 경중을 판단하기 힘들면

단지 비우고 버려야 새로운 것을 얻는다는

그 간단한 이치만 알면 될 것을

쥐고 있는 것을 쉽게 버릴 수 있는

그 마음을 얻지 못하면

시간에 의한 변화를 얻지 못함이니

그는 존재치 않음과 다름 아니니라

무제 571

별빛이 쏟아지는데
틈이 없어 보이는 저 밤하늘
그러나 별로 꽉 차 보이는
저 우주도
실상은 대부분 텅 비어 있어
별과 별 사이
빛이 몇 년이나 달려야 하는
그 암흑의 시공
허나 그 텅 비어져 보이는 건
사실 인간의 인지일 뿐
시공을 존재로 인지 못 해 발생한 착각
실상 우주 어디라도
시공으로 꽉 차 있음이니

거기서 찰나의 순간에도

격렬하게 파괴적으로 요동치고 있는 것들

시공의 최소 단위

그것의 아우성이 곧 우주의 삶이라

그것이 곧 그대의 삶이라

무제 46

괴로울 때나 즐거울 때나
시간은 항상 똑같이 흐르니

이는
괴로운 시기 속에도 환희가 있고
즐거운 시기 속에도 절망이 있음이라

그리하여
괴로울 때 시간이 빨리 지나가기 원하나
그 속에 있는 환희를 놓칠 수 있고
즐거울 때 시간이 느리게 흐르길 원하나
그 속에서 절망이 튀어나올 수 있나니

그래서

시간은 언제나 그리 일관되게 흐른다네

세상일은 언제나 어디서나 그러하니

그대 지금 처한 상황에만 함몰되어

일희일비(日喜日悲)하지 말지니

세상은 누구에게나

어떤 상황에서나

공평하게 시간과 공간을 할애함을 의심치 말라

무제 2569

내일의 어제는 항시 진행형이다

거기 있는 나는

다만 앞을 보고 뒤를 살핀다

그리하여 나 있는 곳을 모르니

그것이 지금이다

그대 눈길이 지금 어디로 향하고 있는가

뒤틀린 과거를 보고 후회하고

허황된 미래를 그리며 자위하는가

내가 이 순간 서 있는

이 지금을 영위하지 않는다면

그대 삶은

실체가 없는 그림자에 불과할 것이니

지금 나와 접촉하고 있는

바로 지금 이 순간순간을

온전히 그대의 정신과 일치시켜

그 속으로 뛰어들라

무제 564

숙일 때 숙일 줄 아는 이가

진정으로 강한 자이다

자존심을 팽개치고

굴욕을 받아들일 수 있는 이가

참으로 강한 자이다

왜냐하면

그는

현실을 직시할 줄 아는 이이기 때문이다

그는

미래를 내다볼 줄 아는 이이기 때문이다

그는

미래를 준비할 줄 아는 이이기 때문이다

그는

원대한 미래를 꿈꿀 줄 아는 이이기 때문이다

그리고

무엇보다도 그는

굴욕을 참아낼 수 있는

깊고 넓고 심오한 영혼의 소유자이기 때문이다

무제 6328

이야기를 만들어내는 인간의 능력은

수많은 비현실적 존재를 만들어냈다

그리하여 상상의 나래를 펼칠 수 있었고

그로 인해 현실에 머물지 않고

현실을 능가하는 진보를 가능하게 만들었으니

스토리텔링 능력을 획득한 인간은

그 이전의 인간과 확연히 구분된다

그대는 어디에 속하는가

상상하고 상상하고 또 상상하라

상상 속에서 새로운 것이 만들어지고

그것이 현실에서 이루어지니

이 얼마나 아름답고 경이로운가

무제 4213

인간 내면은 얼마나 복잡한가

아니 놀라울 정도로 단순한가

복잡하다면 이는 일관성이 없다는 것이고

단순하다면 이는 믿음의 문제로 귀결된다

다만 기준의 정렬이고 그대 선택의 결과다

때로 복잡한 것이 필요할 수도 있고

때로 간결함이 요구될 수도 있다

그러하니

모든 것이 이치에 맞아 어긋남이 없다

무제 406

무언가 반복적으로 자주 꼭

행해야만 하는 경쟁이 있다면

항상 이기려고만 하지는 마

그대가 이기면

누군가 저서 슬픈 사람도 있는 거야

그래서

이기기만 반복하면

당신의 적도 계속 쌓여가지

감정도 쌓여가

그러다 어느 순간 둘러보면

그대 주위에 사람이 없어져

그러니

슬기롭게 한 번씩 꼭 지는 습관도 들여

당신이 이길 수 없어서 지는 게 아니잖아

그래서 훨씬 더 마음의 여유도 있고

지고 나서도 마음이 개운하지

별것 아냐

생활 속에 꼭 실천해 봐

그 효과는 대단할 거야

무제 308

흩어진 것은 모이고

모인 것은 흩어지니

영원할 이 수레바퀴 속에

존재는 그렇게 생멸(生滅)을 반복할 것이라

애초 없는 것이 생겨났으니

멸(滅)해서 아쉬울 것 없고

균형과 조화의 필연으로

생(生)해서 놀라울 것 없어라

그 무한의 시간 속에 스치듯 지나가는

그대 의식은

귀하고 또 귀한 것이니

그 찰나의 순간을 헛되이 보내지 말라

존재만으로 충분히 경이로운 그대 의식은

더할 것도 없고 빼낼 것도 없으니

그 자체로

이미 찬란하고 아름답게 빛나고 있음이라

무제 3

지금 내가 있는 이 우주는

나를 태어나게 만들었음이니

결국 나는 이 우주의 일부일 수밖에 없다

하여 나는 결코 이 우주를 벗을 날 수가 없음이라

이 우주에 발을 딛고 있어

그래서 존재가 가능하니

그대 몸과 마음을 이루는 입자는

바로 이 우주의 막에 그 뿌리를 접하고 있으니

결코 그 접지를 벗어날 수가 없다

설혹 수많은 다른 우주가 있을지언정

내가 거기 다다를 수는 없는 것이다

이는 다름이 같을 수 없는 이치이다

그러나

이 우주도

어디에나 있고

영원히 있을

근원적인 무언가에서 시작했으니

나 또한 그 전체의 일부

그래서 나의 자유의지는

그 신성한 것의 일부이니

또한

나의 존재에

그 신성한 것이 깃들어 있음이니

그리하여 내가

나의 자유의지가

얼마나 고결한 것인지를 결코 잊지 말라

무제 992

내 정신과 신체는 별개인 걸까

내 정신은

신체와는 동떨어진 그 어떤 것일까

내 신체는

내 정신 상태와 전혀 상관이 없는 걸까

그대는 이미 그 해답을 알고 있다

허우적대는 정신과 신체는

지독한 악순환을 반복한다

그 악순환을 끊으라

무엇이 먼저인지는 상관이 없다

무엇이든 그대가 편한 하나를 바로 잡으라

그러면

나머지 하나는 자연스럽게 따라오리라

그리하면 악순환이 선순환으로 바뀌며

어렵지 않게

그대를 수렁에서 건져낼 것이다

무제 5217

모든 것은 홀로 존재하되

혼자 있지는 않는다

그리하여 고독 속에 얽혀 있으니

이 괴리가 상념의 원천이다

이미 그러한 것을

왜라고 묻지 말고

어떻게 라고 물을 수 있는

그 통찰을 얻으라

무제 4427

집요하게 무언가에 집착하며

그걸 꾸준함이라

스스로 그리 생각하고 있는 건 아닌지

어긋난 방향으로 계속 나아간다면

그건 꾸준함이 아니라 집착이여 아집이라

스스로를 구렁텅이로 집어넣는

참으로 어리석은 행위이건만

인간은 타인의 그릇됨은 잘 보면서

막상 자신의 틀림은 인정하지 않으니

언제든 어디서나

멈추어 뒤돌아보고

자신이 어디에 있으며 어디로 나아가는지

항상 확인하고 또 확인해야 함이라

무제 6633

넘실거리며 일렁이는 갈등의 파고

치명적이며 끊임이 없는

그 강렬함

내 의식의 정수를 날카롭게 찔러오는

무수한 의지들의 다름이라

어디 하나 틈이 보이지 않으나

실제로 다르지 않아 틈이 없는 것을

출렁이는 그것의 근원은 바로 나의 의지

그리고 너의 의지

달라 그런 게 아니고

다른 것으로 아는 그 무지함이

파국의 자해로 이끌어 감이라

어렵지 않아

시작을 생각하고 근원을 숙고하라

무제 8868

집단적인 폭력은

선동가와 그 선동가를 탄생시킨

대중에 의해 저질러진다

흔히 선동가가 시작이라는 착각을 하는데

이는 후에 벌어진 잔혹한 행위에 대한

대중의 방어기제로 작동하는 것 외

특별한 의미가 없다

결국 대중의 의지가 필요에 의해

선동가를 부추겼을 뿐이라

그리고 그 잔혹함과 규모는 상상을 초월하며

희생자에게는 현실이 곧 지옥이 된다

이때 언어는

마법과도 같이 그 뜻이 왜곡되고

그 선동하는

언어들로 인해 인간성은 마비된다

그리하여 범죄를 범죄로 인식하지 못하니

잔악한 행위가 대규모로

일상적으로 발생하는 것

하나하나의 인간이

올바른 신념과 주체적인 자아로

이 모든 것을 극복할 그날

비로소 인류는 지금의 인류에서

한 단계 더 나아갈 수 있을 것이다

무제 24

난 오늘도 앞으로 나아간다

헛된 욕망에 비틀거리며

헛된 절망에 비틀거리며

헛된 희망에 비틀거리며

헛된 사랑에 비틀거리며

그렇게 비틀거리면서도 끊임없이 나아간다

멈추면 즉시 쓰러질 것을 알기에

어쩔 수 없이

지치고 병든 몸을 이끌고 나아간다

비틀거리는 날 지탱해 줄 누군가는 없다

아니 단지 내가 없다고 생각하는 건지도

이러나저러나 다를 건 없다

그러나

정작 그 욕망과 절망과 희망과 사랑이

또한 날 지탱하고 있는지도 모를 일이다

난 삶의 끈을 결단코 놓치지 않을 것이다

기적보다 더 기적 같은

이 신성한 내 의식을

나는 허락되는 끝까지 이어갈 것이다

무제 009

그대가 아는 모든 것은 끝이 있다

아무리 힘든 아픔도 끝이 있고

가장 절망스러운 상황도 끝이 난다

그러나 또한

가장 즐거운 시간도 끝이 있고

더할 나위 없는 환희의 순간도

곧 끝이 난다

그래서

그대는

욕망 끝에 절망이 있고

그 절망 끝에 희망의 빛이 있다는 것을

결코 잊지 말고 의심하지 말라

다만 끝이 없는 것은

그대가 모르는 그것뿐이다

무제 9123

지금 당면한 너의 모든 문제를

그걸 지금 한 곳에 모아봐

그리고

두 번 생각지 말고

바로 불살라버려

무제 47

스스로를 납득시키기 위해

스스로를 설득할 필요는 없는데

납득은 설득으로 되는 게 아니거늘

스스로의 인생에

스스로 제약을 가하고

그걸 스스로에게

억지스레 끼워 맞추려니

그게 수긍이 될 리가 있을까

스스로가 융회되지 않는다면

그건

단지 버리면 그뿐인 것을

무제 411

모든 걸 가질 수는 없다고들 한다

그러나

모든 건커녕

단 한 가지도

뜻대로 가지지 못하는 게

그게 바로 인간의 삶인 것을

잊지 마라

지금 당신이 뭔가를 가지고 있다면

당신의 삶은 결코 헛되지 않았음이니

무제 887

아름다움을 느껴 볼까

어디에 있을까

밤하늘에 무수히 반짝이는 별빛은 어떨까

색색이 핀 꽃들은 어떨까

붉게 물든 산의 단풍은 어떨까

겨울철 발자국마다 으스러지는 낙엽은 어떨까

내 좋은 사람의 환한 미소는 또 어떨까

둘러보면 어디에나 어느 때나

아름다움은

항상 우리를 감싸안고 있으니

세상은 그토록 아름다운 곳

다만 내 마음 가기 나름이라

바라노니

이 아름다운 곳에서

이토록 아름다운 사람들과

그리 아름답게 살다

마지막 가는 길까지

아름답게 가기를

무제 4620

만물은 시간에 따라 변한다

시간이 흘러 변화가 존재하니

변화가 곧 시간이다

인간의 창조물도 마찬가지이나

인간은 항상 그것을 꺼내어

시간에 맞게 또 수리한다

따라서 인간의 관념적 창조물은

때로 변화가 없는 듯 보이기도 하나

그것을 인식하는

인간 또한 변하기 때문이며

인간이 그것을

그때의 인간에 맞게 교정하기 때문이다

그것을 보고 인간은 자신의 창조물이

영구불변하는 것이라 숭배하니

그 어리석음을 언제나 벗어날 것인가

무제 6771

겪을 아픔을 가늠할 수 없다면

그 아픔을 좀 더 빨리 겪게 하소서

아파해야 할 슬픔이 깊고 깊다면

그 슬픔을 정면으로 마주하게 하소서

마주해야 할 고난이 절망스럽다면

더 깊은 구렁텅이로 밀어 주소서

그러나

어차피

누구에게나 다가올 피할 수 없는 죽음

단지 이것만은

최대한 늦게 다가오게 하소서

내 삶의 가치가

그만큼 크고 깊고 무겁기 때문이외다

무제 61

혼돈이 있어 질서가 있고
이별이 있어 만남이 있고
불신이 있어 믿음이 있고
범죄가 있어 법률이 있고
불안이 있어 안정이 있고
소음이 있어 적막이 있고
암흑이 있어 광명이 있고
슬픔이 있어 기쁨이 있고
희생이 있어 사랑이 있으며
그대가 있어 그대 영혼의 고난이 있으니
다만 그대를 완성해 가는 과정일 뿐이라

무제 2008

매번 잠자리에 들기 전에 나는 생각한다

지금 내게 주어진 두 개의 인생 중

다른 하나로 들어가는 그 정류장에 서서

나를 싣고 갈 무언가를 기다리노라고

그리고 가득 부푼 기대는

나를 꿈속으로 데려간다

거기서 나는

농부이고 장사꾼이고 건축가이고 예술인이다

때로

사기꾼이고 도둑놈이고 강도이고 반역자이다

그리고 가뿐한 몸을 딛고 또 한 인생이 찾아오면

그 극한의 기억들은 사라진다

그러나 기억 너머

저 먼 곳의 의식 속에 그 경험은

결코 사라지지 않을 것이니

나는 그렇게 두 개의 인생을 살아

긴 수명을 영위한다

나만 그러한가

그대는 어떠한가

그대 삶의 길이를 그대가 운전하고 있는가

무제 3205

일이 나의 뜻대로 흘러가지 않는 그때에

마치 자신의 의도가 그것에 개입한 것처럼

그렇게 스스로를 속이는 일이 허다하다

어쩌면 그것 자체가

방어의 한 축이라 할 수도 있다

그래서 굳이 그걸 경계할 필요는 없으나

스스로 알고는 있어야 하고

빠져들어 스스로 그걸 사실이라 믿는

그런 우를 범해서는 안 될 것이다

무엇이 문제인가

숙고하고 또 숙고하며

그 중심에 자신을 놓아야 한다

그리고

무엇 때문이냐가 핵심이 아니고

어떻게 해야 할 것인가가

본질인 것을 알아야 한다

그리하면 탓을 하지 않고

방법을 찾는 지혜를 얻을 것이다

무제 2333

그래 맞아

타고난 것이 다르고 환경이 달라

대부분은 그대 선택이 아냐

그대 잘못도 아니고

근데 그래서 어쩔 거야

그냥 그렇게 퍼져 있을 거야

일어나

그리고 어디로든 나아가 봐

가다 지치면 쉬기도 하고

누군가에게 의지해 보기도 하고

부끄러울 것도 자존심 상할 것도 없어

다들 그리 사니까

비교하기 시작하면 한도 끝도 없어

누군가는 당신을 부러워할 수도 있고

그대에게 기대려는 사람도 있어

그러니 걱정하지 말고

삶을 이어가면 그뿐이야

그러라고 이 세상이 있는 거니까

무제 71

진리라는 것은 실제 아무런 실체가 없다

무엇에 대한 진리라는 것인가

시간과 공간에 따라

그것은 잠시의 망설임 없이

다른 모습으로 변화한다

고로 우주를 꿰뚫는

실체적인 진리라는 것은 없다

진리를 찾지 못해 괴로워하는 이들은

허공을 움켜쥐려는

헛된 몸부림에 허둥대고 있는 것과

다름이 아니다

진리가 아무런 실체를 가지지 않는다면

그렇다면

이 우주는 공허한 허상일 뿐인가

실체가 없는 진리

그것이 바로 진리이며

그것은 그대 주위 모든 곳에 산재한다

무제 2119

스스로를 속이지 말라

그대 스스로

무언가를 이해했다고 단언하는 순간

그대는 이미 있지도 않은

핑곗거리를 만들고 있을 것이다

그대가 한 어떤 행동에 대한 이유를

스스로 알고 있다 생각한다면

그건 이미 그대가 그 일에 대한

핑계를 만들어 내었음에 다름 아니다

그리하여 어긋난 길로 나아가는

스스로를 통제 불능에 빠뜨리니

지금 바로

그대가 만들어낸

그 허상의 늪에서 뛰어나오라

무제 72

새것을 들이기 위해서는

필히 헌것을 버려야 한다

새 문을 열기 위해서는

때로 열어두었던 많은 문을 닫아야 한다

그래

하나를 위해

많은 것을 던져야 할 경우도 있다

그 하나가

어떤 것인지를 숙고하여 결정하면

나머지는

과감히 남겨두고 떠날 줄 알아야 한다

그리하여 앞으로 나아가야만 한다

망설이고 있기에는

주어진 시간이 너무 짧다

무제 821

두려워서 애초 시도조차 하지 않는다면

변화를 구축하는 시간의 흐름은

아무런 의미가 없어진다

결국 우주의 한 축이 사라지는 것이다

변화가 있어야 새로움이 있을 것이다

변화에 대한 두려움은 대개 실체가 없고

스스로 만들어낸 것이 대부분이니

실제 극복하는 것도 쉽다

그냥 스스로 떨치면 그뿐인 것을

해 보라

그리고 그 과정을 즐기라

실패도 즐기고 고난도 즐기라

살아있어 즐길 수 있는 모든 걸 만끽하라

그중 가장 보배로운 것이 바로

새로운 것을 맞이하는 그 순간의 희열이라

무제 82

그대는 살아오면서

참으로 많은 경험들을 축적해 왔다

그 헤아릴 수 없이 많은 감각을

단지 느낌의 형태로만

지나쳐버리는 경우가 대부분이니

그것들을 그대 내부 의식의 수준으로

끌어올려야 한다

그래야만 그 수많은 결과가 내 것이 되고

그것이 무의식에서 외부로 발현될 수 있다

그리하면 그대라는 한 객체는

단지 하나의 객체가 아니라

그대를 스쳐지나간

모든 시간과 사물이 융합된

하나의 작은 단위의 우주가 될 것이다

그리고 시간이 지나갈수록

그 우주는 커질 것이니

그리하여 그대라는 객체는

우주진화의 최종적인 주체로

완성될 것이다

그건 애초 그대가 그런 존재이기 때문이다

무제 477

먼저 섬김으로 섬김을 받고
먼저 존중하여 존중을 받고

먼저 배려하여 배려를 받고
먼저 사랑하여 사랑을 받고

미워하는 마음으로 미움을 받고
증오하는 마음으로 증오를 받고

투기하는 마음으로 투기를 받고
다투는 마음으로 다투게 되고

그리하여 누군가를 아프게 하면

온 우주가 그대를 아프게 할 것이니

항상 그대 마음가짐이

그대 스스로를 그렇게 대하리라

무제 5004

그대에게

미래를 볼 능력이

주어지지 않았다

단지

미래를 만들어갈 능력만이

주어져 있을 뿐이다

그래서

어떤 것이 더 강력한가

무제 259

세상은 그대가 오기 전에도 있었고
그대가 가고 나서도 변함없이 있을 것이니
그리하여
그대는 잠시 머물다 스쳐지나가는
시공에 흩어진 무한의 티끌 중 하나
그러니
그대 삶에 너무 큰 부담을 갖지 말라
그대가 꼭 세상에
무언가 흔적을 남겨야 함도 아니고
그대가 꼭 무언가
세상에 기여해야 함도 아닐지니
무엇을 걱정하는가
그대가 있어도 그대가 없어도

세상은 무심할 따름이니

그대는 그대에게 주어진

그 기적의 삶을 즐기며 영유하라

그대가 가진 그대 삶은

온전히 그대 것이다

무제 37

위로의 말 한마디

응원의 말 한마디

말에 비용이 드는 것도 아니고

세금도 없다

그 말 한마디가 그다지 어려운가

그대의 그 말 한 마디에

누군가는 살아가는 이유를 찾을 수도 있다

그리고 살아갈 이유를 찾은 그 사람이

후일 그대에게 다시 삶의 이유를 줄 수도 있으니

우리는 서로에게

선한 공짜 말 한마디씩 던져보자

어렵지 않다

무제 2219

존재를 너무 어렵게 생각 말라

존재가 없다면 그것은 절대적인 무(無)의 상태

그것은 음(陰)과 양(陽)이 정확히 상쇄되는

궁극적인 균형의 상태

그런 극단적이고 불안정한 상태가

어떻게 한순간이라도 존재할 수 있을까

한 입자의 미세한 요동으로도

이 균형은 깨어지게 마련

일단 균형이 깨지면

걷잡을 수 없이 퍼져나가리니

그것이 바로 존재의 시작이라

그리하여 모든 것이 존재하니

그게 지금의 바로 이 시점이라

무제 5911

패턴으로 고정된 정신세계는

늘 경직된 폭주를 유발할 위험성을 내포한다

인간은 존재의 두려움을 극복하고자

항상 어떤 것에든 규칙을 찾는 습성이 있다

정해진 패턴 없이

세상이 돌아간다는 것에 대한 불안감이

그들에게 그런 본능적인 행동을 강요한다

밤하늘의 별을 보며

거기서 별자리를 만들어내고

무의식이 뒤엉킨 꿈을 해석하여

거기 의미를 부여한다

애초 이 우주 자체가

무작위적인 요동에 의한 것이건만

없는 규칙을 만들어 스스로를 묶어버리니

그리하여 스스로의 정신을

스스로 안다고 생각하는 규칙 속에 몰아넣고

스스로 단단한 벽을 둘러

패턴에 어긋나는 상황에서는

폭주하여 그를 거부하며

위험한 상황을 만들어간다

그대 정신을 처음 탄생할 때처럼

항상 자유롭게 풀어놓아야 한다

그 어떤 상황이 닥치더라도

그에 맞게 유연한 사고를 할 수 있는

그런 자유를 그대 정신에 부여해야 함을

결코 잊지 말라

무제 856

때로 스스로에게

혹독해질 필요가 있고

때로 스스로에게

너그러워져야 할 필요가 있다

그러나 많은 사람이

혹독해져야 할 때 너그러워지고

너그러워져야 할 때 혹독해지는

그런 어리석은 행위를 한다

그리고 그러한 행위는

스스로에게 치명적인 결과를 초래하니

그 결과는 파국적이다

대개 이런 일들은

스스로의 정신을 놓아버렸을 경우 발생한다

그대는 지금 어떠한가

스스로를 망치고 있지는 않은가

그렇다면 잠시의 지체도 없이

거기서 빠져나와야 한다

전혀 어렵지 않다

아주 간단한 방향성의 문제이다

상식적인 옳고 그름의 판단만으로도 충분하니

단지 그대의 정신을 다시 움켜쥐기만 하면 된다

무제 94

모든 것에 대한 답은 어디에 있을까

모든 것에 대한 답은 허상일 뿐일까

그렇다면 그 모든 것이란 무엇인가

질문의 본질도 모르면서

먼저 답을 구하는가

직시하라

인간이 현재 직면하고 있는 그것

인간이 현재 알고 있는 그것

거기까지가 바로 모든 것이다

지금의 그 상황에서 알아야 할 것

그것이 바로 모든 것이니

해답은 항상 바로 그대 앞에 놓여있다

무제 81

사람은 항상

시작을 알고 싶어 하고

끝을 두려워한다

탄생과 죽음이 눈앞에 펼쳐지니

세상 이치가 다 그런 줄 알 수밖에

허나 시작도 없고 끝도 없는 것이 있으니

그것이 바로 근원이라

그대도 그 근원에서 시작되었으니

그대에게도 그것의 신성함이 깃들어 있어

실상 그대 의식을 이루는 그것은

시작도 끝도 없다

다만 그 주인이 바뀔 뿐인 것을

무제 996

무거운 공포가

냉혹한 차가움으로 대지를 적신다

까마귀는 갈라진 발톱으로

처절한 울음을 삼키고

승냥이는 피를 토하며

붉은 눈빛을 비수로 쏜는다

죽어가는 모든 것이 내뱉는 비명

여기 무언가가 있다는 것은

그 자체로 환희

이것은 혼돈이 아닌 극도로 절제된 질서

질서가 있어 사멸될 고통이

날카롭게 찌르니

혼돈을 그리워하는 그 향수를 어이하리

완전한 혼돈은

그 자체로 불가하니 그로 인해

그래 그것으로 생겨난 모든 것은

다시 사멸하니

환희와 고통과 희망과 절망은 다름이 아니라

내 여기서 슬퍼함은

내가 여기 속하지 못함이라

내가 여기 머물지 못함이라

내가 여기를 알지 못함이라

지나가는 모든 것은

아무런 흔적을 남기지 못함이라

지나가는 모든 것은

아무런 흔적을 남기지 못함이라

무제 39

속에 깊숙이 담아 놓아야 할 것들이 있네

그게 기쁨이든 슬픔이든
그게 사랑이든 미움이든
그게 희망이든 절망이든

반드시 속 깊은 곳에 넣어 둬야 할 것들이 있어

지난(至難)한 일이나

그걸 해내는 것이 또한 인간이라

그리해야만 하는 것이 또한 인간이라

무제 3522

순풍을 맞으며 항해하는 배는

거칠 것이 없다

가고자 하는 그 방향으로 바람이 불어주니

이보다 더 쉬운 노릇이 어디 있을까

그러나

때로 역풍이 불기도 하는가

그 역풍이 도저히 뚫을 수 없는 것이던가

그리하여 절망하는가

이 절망 속에 도대체 무엇을 할 수 있을까

우리네 삶에 있어 가끔은

그래 가끔은

바람의 방향을 바꿀 수 없다면

그 바람을 뚫을 수 없다면

내 가고자 하는 방향을 살짝 바꿀 수 있는

그 간단한 지혜가 필요하니

그리하면 그 험난한 역풍이

기적같이 순풍으로 바뀌는

마법 같은 순간을 마주하리니

무제 129

우리 주위에는

우리가 상상도 못 할 만큼

악한 것들이 섞여 있다

문제는 이것들이

그것을 철저히 은폐하고 있으며

때로 그것이

무의식 속에서도 가려져있다는 것이다

사람의 형상을 한 이것들은

우리가 생각도 못 하는 악랄한 행동을

스스럼없이 행하고

그를 즐거워하니

그 잔인함은 극한에 이른다

게다가 이것들은

평소 주위에 다정다감하고 친절한 행동을

보이는 경우가 많다

그래서 그 본질이 잘 드러나지 않는다

그러나 그 내면 깊숙한 자아가

어찌 전혀 모습을 드러내지 않을 수 있겠나

이것들이 하는 작은 행동 말투 하나에

스치듯 본성이 드러나는 그런 때가 반드시 있다

그런 걸 놓치지 않고 감지해 낼 줄 알아야 한다

만약 그런 것들이 느껴진다면

그것들은 교정 자체가 불가하니

두 번 생각지 말고

모든 손해와 위험을 감수하고

완전히 관계를 끊으라

그래야지 내 삶을 파괴할 수도 있는

그것들에게서

나와 내 소중한 사람들을 지킬 수 있다

무제 3331

고결하고 숭고한 영혼들은

스스로를 뽐내지 않아

아름답고 향기로운 꽃은

가만히 있어도 나비들이 모여들지

스스로의 정신과 마음을 맑게 유지하면

그 언행도 자연히 그를 따라가니

그 사람의 향기는 만 리를 날아가

관계에 너무 집착 말고

나를 청결하고 고아하게 유지하면

주위도 어느새 맑고 청아한 존재들로

가득 찰 거야

무제 6955

매 순간순간을 반성하며 나는 속죄한다

후회라는 건 전혀 어울리지 않는다

그 시점의 그 장소에서

나는 또

똑같은 행동을 하리라는 걸 알기 때문이다

나로 인해 아파했던 그들을 위해

지금 내가 할 수 있는 건 아무것도 없다

내가 어떤 행동을 해도

그들에게 아무런 의미가 없기 때문이다

해서 내 반성과 속죄는

이미 접촉이 끊긴 그들에게

아무것도 줄 수 없다

그럼에도 나는 또 반성하고 속죄한다

왜냐하면

그 시점의 나는

또 그러한 일들을 할 것이나

지금의 내가

또 그리해서는 안 되기 때문이다

무제 118

과거 어느 때에 어느 곳에

한 특별한 인간이 있었어

그 인간은

자신이 가진 모든 것을 버리고 떠났어

그리고 순전히 진리만을 탐구하기 시작했지

공부를 한 것이 아니야

그는 과거의 지식을 탐구에 이용하지 않았고

단지 자신의 의식과 의지만을 사용했어

오랜 시간이 걸렸지만

그는 믿을 수 없는 성과를 이루었지

그 인간은 모든 것을 알게 되었어

모든 것을

그리고는 무아지경에 빠진 거야

이후 그는 입을 다물었어

자신이 모든 것을 알게 되었으나

그를 설명할 방법을 찾지 못했던 거야

바로 그거야

모든 것을 설명하는 진리라는 것은

절대로 설명될 수 없는 거야

그러니 배움으로 거기에 닿을 수는 없어

그러나 누구나 그 진리를 알 수는 있어

앎에 대한 욕망의 끈을 놓지 마

바로 그대도

그러한 한 인간일 수 있으니까

그대도

그런 환희를 느낄 수 있는 존재니까

무제 834

인간은 폭력에 대한 원초적 갈망을
대부분 두려움으로 억제한다
거기에 죄책감과 연민이 관여하며
도덕과 법이 최종적으로 막아선다
무언가에 의해
이러한 방어기제가 무너지면
억압된 그들의 갈망은
걷잡을 수 없이 터져 나오니
그 잔학성은 그 어떤 생명체도 흉내 내지 못한다
그러나
인간은 또한 그러한 원초적 욕구를
자신의 의지로 극복할 수 있는
유일한 존재이기도 하다

그래서 인간 영혼이 고결하고 위대한 것이다

본능을 스스로 억제할 수 있는

그 깊고 깊은 마음속 의지

누구에게나 있고 그대에게도 있는 그것을

그대는 매일매일 닦고 조이고 다듬어야 한다

무제 005

창조라는 건 말이야

조화의 연(緣)이란 것과 같은 거야

연이 다하여

연이 이어져

그렇게 나타났다 사라졌다 반복하지

나타났다는 걸 인간들은 창조라 생각을 해

단지 나타난 걸 말이야

그래서 창조는 연에서 나아가 필연(必然)과 같아

항상 나타나고 항상 사라지지

나타나 뭉치고 흩어지고 사라지고

다시 나타나고 다시 뭉치고

지금 그대 바로 주위 모든 지점에서

아니 바로 그대 안에서도

찰나의 순간에 헤아릴 수 없는 많은

그런 사건이 벌어지고 있으니

오랜 세월 동안

그런 일이 끝없이 반복되고

그래서 지금 그대가 여기 있어

그러니까 그대가 여기 있는 건

우연이 아니고 필연이야

다만 명심할 것은

여기서 그대는

꼭 그대는 아니란 거야

무제 4772

예술은 사람의 감정을 자극하고

영혼에 울림을 전한다

그리하여

참으로 아름답고 찬란하다

그리하여

참으로 치명적이고 위험하다

오감을 파고드는 인간의 예술적 행위는

그 자체로

사람을 무아지경에 빠져들게 하니

그 순간만큼은

감성이 이성을 완벽히 억누르고

이는 인간 즐거움의 극치를 선사한다

이러한 연유로

예술은 인간 집단을 고무시켜

집단적인 최면에 빠뜨릴 수 있나니

그래서 집단적인 도구로 예술이 사용되면

지극히 위험하다

대규모 군중들이 모인 장소에서

항상 예술적 행위가 공존하는 이유

그 고대의 샤머니즘에도

항상 예술적 행위가 동반된 연유가 여기 있다

그대가

어떠한 예술적인 행위에 노출되었거든

그 행위 자체가

그대 오감에 주는 환희와

감성에 전하는 기쁨과

그대 영혼에 주는 영감을

오롯이 만끽하면 될 일이다

그 예술적 행위에 덧씌워진

집단적인 의도와 목표에

전혀 현혹되지 않는

깊은 통찰의 인지 능력과 지성의 힘을 키우라

교묘하게 예술적 행위에 융융되어 있는

그 치명적인 의도를

정확히 집어내어 치워버릴 수 있는

그런 지혜를 깊이 있게 갖춘다면

그대는 오로지

예술을 예술로만 만끽할 수 있을 것이며

그러한 통찰을 갖춘 그대는

이미 대부분의 인간 지성과 지혜를

훨씬 뛰어넘었을 것이다

무제 29

그대의 모든 생각과 행동은

우주에 영원한 잔상을 남긴다

비록 그것을

인간 개개인이 인지할 수는 없으나

그 진동의 잔상은 결코 사라지지 않는다

그러하니

그대의 생각과 행동을

항상 청결하게 유지하라

그 잔상들은 그대 존재의 이유이기도 하고

또한 존재의 현실 그 자체이기도 하다

그대가 여기 존재했음을

우주는 영원히 기억할 것이기 때문이다

무제 492

상대방을 이해하려고 노력해 봐

도대체 왜 그런 행동을 하는지

물론 잘 안되고

그게 많이 힘들어

그래서 노력하라는 거야

여기서 노력하라는 건

한 번 더 생각해 보라는 권유가 아냐

상대는 당신과 달라

태어난 것이 다르고

자란 과정이 다르고

주위 환경이 다르고

지금 처한 현실이 달라

사람에게 주어진 것은

인류의 숫자만큼이나 다르지

그래서 그대는

그 모든 다양함을 알려고 노력해야 해

인간 존재에 대한 통찰력

그걸 끊임없이 만들려 노력하는 것

그게 바로 상대를 이해하려 노력하는 거야

쉽지 않아

오늘 안 되면 내일 또 해봐

그리고 다음 날도

그러다 보면

언젠가

그대 스스로를 이해하는 날도 올 거야

무제 637

시련이 다가오면

그게 물질적이든 정신적이든

거세게 맞서라

그 어떤 시련도

그대 정신을 완전히 무너뜨릴 수는 없다

맞서지 않고 굴복하면 되찾을 수 없으나

맞서다 쓰러지면 다시 되돌릴 수 있다

애초 맞서면 극복할 가능성이 있으나

맞서지 않으면 무너지는 길밖에 없다

맞설 때도 시늉만 해서는 안 되고

그대 온 힘을 다해

온 정신을 다해

강인하고 처절하게 맞서라

그래야 후회가 없다

그대

싸우는 걸 두려워 말라

무제 619

하나를 주니

둘을 달라하네

둘을 주니

넷을 달라하고

넷을 주니

여덟을 달라한다

더 달라는

저가 문제인가

주고 있는

그대가 문제인가

무제 407

같은 장소의 같은 얼굴

다른 장소의 다른 얼굴

같은 장소의 다른 얼굴

다른 장소의 같은 얼굴

인간의 사회생활은

이 경우에 모두 함축되니

각각의 상황에

각각의 대응이 있을 것

다만 시간을 더 고려함이 마땅하나

이 경우

시간은 오히려 크게 상관치 않음을 알라

그리고 그 이치를

꼭 사유해 보라

무제 8712

자 이제 그만 그 사람을 놓아

지금 세상의 전부 같겠지만

그대 집착이 만들어낸 환상일 뿐

일단 놓고 자신을 보고 주위를 한 번 봐

여유가 되면 자신의 발자취를 돌아봐

정작 그대가

그 사람보다 더 소중히

생각해야 할 사람들은 없는가

그대는

누군가로부터 받는 것을

더 원하고 있지는 않은가

그대가

누군가에게 무언가를

먼저 줄 생각은 왜 못 하는가

그 사람을 원하는 그대는

무언가를 주기 위함인가

스스로 그리 생각한다면

그건 그대 스스로 만들어낸 거짓일 뿐

그 사람을 소유함으로 얻는 그대 이익이

모든 것을 억누르고 있을 뿐

이제 자신의 욕망을 다스리고

무엇이 더 큰 것인지 다시 한번 돌아봐

무제 11

시간만큼 강력한 것은 없다

시간의 흐름은 전혀 통제되지 않고

거기서

모든 것이 탄생하고

모든 것이 사멸한다

억겁의 시간 동안

그대 존재의 시간은

찰나에 불과하나

그 극미한 시간 동안에도

무한의 새로운 우주가

또 생겨날 수 있음이니

짧은 그대 존재 시간이

결코 짧지 않음이라

그 순간순간 변화를 이끌어내는

시간의 흐름과 출렁임을

결코 두려워하지 말고

그 속에

그대의 삶을 온전히 흩뿌려 보면 될 것을

무제 414

존재가 존귀하다고 해서

그 존재가 하는 일까지 존귀하지는 않다

경이로운 인간이라는 존재가

악랄하고 참혹한 행동 하는 것을 수없이 본다

개개인 하나하나가 보배로운 존재이거늘

그런 인간의 자유를 억압하고

착취하고 괴롭히는

그 존재가 또한 인간이니

인간에 대한 존중이 없는

그런 인간은

더 이상 존귀한 존재라 할 수 없다

인간 존엄을 위해

때로 단호한 대처가 필요하니

이는

인비인(人非人)이 더 이상 존재할 필요가 없음이라

무제 6213

오늘도 무언가를 찾기 위해
하염없이 나아가는데
무엇을 찾고 있는 걸까
그게 잘 기억이 안 나

음 그래 맞아
이유를 찾고 있어
근데
딱히 무엇에 대한 이유인지는 모르겠어

어쨌든 이유가 있을 것 아냐
그래서 그렇게
오랫동안 많은 곳을 돌아다녔어

왜 아직 못 찾았냐고
내가 묻고 싶어
왜 안 찾아지냐고

없는 건가
그럼 뭐가 설명돼
아무것도 설명되지 않잖아

누가 딱히 설명을 요구하진 않아
하지만
하지만

존재의 핑곗거리는 있어야 할 거 아냐

무제 3291

모든 물질은

환경에 따라 그 형태를 바꾼다

그리고 그러한 형태의 변화가

항상 극적이다

넓은 범위에서 일정한 모습을 유지하다

어느 한 지점에서 극적으로 형태를 바꾸니

물질로 이루어진 세상만사가 다 그러하다

그래서 항상 모서리가 있고 경계가 있다

그리고 그 지점은

경험으로 누구나 알 수 있는 것이건만

사람은 늘 그 경계를 경계치 않고

수시로 넘나들며 위험을 자초하니

참으로 어리석다 하지 않을 수 없다

무제 378

끊임없는 질문을 하라

그리고 끊임없이 해답을 찾으라

질문도 그대만의 질문을 하고

해답도 그대만의 해답을 구하라

그대만의 질문이고 그대만의 해답이라

당연히 옳고 그름이 없다

정답이 없기에 과정의 고통도 없다

다만 그 과정을 즐기라

그리하면 그대의 의식은

지식의 바다를 유영하고

그로 인해 그대 지혜는

광활하게 커져갈 것이다

무제 217

쉬운 길로 가고 싶은 건 누구나 같아

너도나도 모두 쉬운 길로 가려고 해

항상 어떤 상황이든 쉬운 길이 보여

유혹이지

쉬운 길은 쉬운 이유가 있어

당장의 편안함만 찾아 미래를 버리는 행위

고되고 힘든 길로 가는 이유는

거기서

인간이 인간다움을 찾는 길이기 때문이야

어려움을 이겨내고 극복하는

인간만의 성취

그래서 수많은 사람이

고생스런 길로 가는 거야

그리고 그 끝에는

언제나 커다란 기쁨이 기다리지

쉬운 길만 쉬운 길만

찾아다닌 사람들의 마지막은

예외 없이 비참하다는 걸 꼭 명심해

무제 97

내가 속한 이 우주는

시간에 따라 변화하나

언제나 일정한 방향이다

항상

무질서가 증가하는 방향으로 나아가니

그 방향은 결코 바꿀 수가 없다

그 속에 극히 질서적인

별과 행성이 태어나고

인간이 모습을 드러낸 것은

그보다 더 많은 무질서를

우주에 흩뿌린 대가이다

고로 형태를 갖춘 무언가가 형성되면

그 대가가 항상 뒤따른다는 걸 명심하라

이 우주의 원리가 원래 그러하니

그대에게 주어진 것도

분명 무언가의 희생이 있었을 터

그를 결코 잊지 말고

늘 감사하는 마음을 품고

살아가야 할 것이다

무제 622

상상할 수 있는 인간의 능력은

매우 특별하다

스스로 잠시 현실을 벗어날 수 있는

그 특별한 능력

그 능력을 사용함에 있어

전혀 주저하지 말라

그대는 상상 속에서

무엇이든 될 수가 있고

무엇이든 가질 수 있고

무엇이든 느낄 수 있다

그리하여

그대는 현실 속의 모든 고뇌를

잠시나마 잊을 수 있고

지친 몸과 마음에

회복할 여유를 줄 수 있다

단지 상상 속에 빠져들어

현실과 혼동하는 우를

범하지만 않으면 되니

상상할 수 있는 그대의 능력을

절대 그냥 내버려두지 말라

무제 811

희망이라는 달콤한 단어

이 버릴 수 없는 양날의 검

있어도 문제고 없어도 문제

허나

있어 좋은 것이

있어 문제가 되는 것은

바로 인간 스스로의 졸렬함

헛된 희망으로 시간을 낭비하지 말고

빛나는 희망으로 스스로를 북돋울 것

현실을 직시하고

현실을 접목하여

미래를 열어갈 때

희망은 인간 삶의 원천적인 힘이라

무제 541

한 번 실패했으면

두 번째 기회를 노리면 된다

두 번 또 실패했으면

이제 세 번째 또 도전하면 될 일

살아있으면 길은 언제나 있으니

다만 실패에서 배움이 없다면

매번 그 자리를 맴도는 것과 다름 아니다

실패의 패배감은 떨쳐야 하고

교훈은 뇌리 깊이 새겨야 한다

역사 속 많은 이들의 성취가

매번 이런 과정을 거쳐 이루어진 것

이를 절대 잊지 말라

무제 1622

가라

가야 할 곳에 가지 않고

아무것도 이룰 수 없다

가야 할 곳에 가지 않고

아무것도 얻을 수 없다

행동하지 않고

생각만으로 무언가를 가지려 하는가

이미 늦었는가

그대가 머뭇거리면 더 늦을 것이다

어딘가에 있는 무언가를 얻고 싶다면

그 어딘가에 반드시 가야 한다

가서 가지든 못 가지든 그건 차후의 일이다

일단 가야 한다

그대

그곳에 가보긴 했는가

무제 7336

틀어진다 자꾸 틀어진다

나의 의도는 이것이 아니었는데

어찌 일이 나아가는 방향이

이다지도 어긋날까

방법의 문제인가 목적의 틀림인가

아니면 애초 시작의 문제인가

내가 옳다고 시작한 일이

처음부터 틀린 것이었을까

세상 나아감의 원래가 그런 것이라면

그건 근원의 문제이니

나만의 문제는 또한 아니리라

받아들임의 선택이 또한 본래의 형태일 것

그리하면 시도는 계속되어야 하고

변화만 주시하며 그를 승화시켜

또다시 나아간다

모든 것이 어긋나지는 않음이고

어긋남이 창조의 근원이라

결국 무엇이든 마땅히 있는 그것일 뿐이라

무제 711

예언 가능한 미래는

그 예언이 행해지면

그 순간 바로

과거와 전혀 다르지 않은

무언가가 되어버린다

따라서

짐작 가능한 미래는

이미 미래가 아니다

예측할 수 없기에

그래서 미래인 것이며

그 미래가 없어진다면

시간은 정지한 것과 다름 아니다

해서 미래가 예측된다면

그건 전 우주가

멈추어 사라지는 것과

다름이 아니다

무제 139

산다는 건 쉽지 않아

그게 누구나 그래

저 사람들은 참 살기 쉽겠다고

그리 생각되는 사람들도 있지만

그게 그리 쉽지만은 않아

부와 명예와 권세를 모두 가진 사람도

나름대로 다 힘든 것이 있어

또 어떤 이들은

저렇게 어떻게 살아갈까

그리 생각되는 사람들도 있지

하지만 그 사람들도

나름 또 삶에서 행복을 찾고 있어

어쨌든 사는 게 항상 쉬운 사람은 없어

그 속에서 작은 행복들을 찾아가며

그리 사는 거야

다만 그 기준의 문제이니

그대 삶의 기준은 그대가 정하면 되고

그 기준에 따라

그대 삶의 척도가 정해지는 거지

그래 그걸 그대가 정하는 거야

힘든 삶을 살지

행복한 삶을 살지

그대 마음이 그리 정하고 사는 거야

근데 그걸 그대 영혼이 못 받아들이니

그게 문제야

무제 7213

마음이 가는 대로

그리 따라가는 것도 한 방법이다

마음 가는 대로 따라가지 못하면

마음 가는 대로 그냥 놔두어도 될 일이다

그걸 억지로 돌리려 한다고 그게 돌려질까

설혹 돌린 듯 보여도

결국 길게 상처로 남을 뿐

그리로 가는 마음 억지로 붙들지 말고

흘러가게 놔두고

그리 또 살아가면 될 일이다

쓸쓸하고 외롭겠지만

그게 또 우리네 인생이다

무제 62

날아가는 새를

활로 떨어뜨리려 하지 말고

그대 눈앞에 있는

닭의 모이를 충실히 주라

무제 8291

때로 그대가 틀릴 수도 있다

아니

자주 그럴 수 있고

매번 그럴 수도 있다

그러하니 항상 물어보라

타인의 의견을 묻고 또 물어보라

그대가 틀렸음을 지적하는

바로 그 의견들을

경청하고 숙고하라

그리고 또 한 번 깊이 생각하고

또 경청하라

그리하여 결론에 도달했거든

이제 나아가라

그리고 뒤돌아보지 말고

현혹되지 말고

다만 결과에 무한한 책임을 져야 함을

또한 잊지 말라

무제 117

후일 보면 별게 아닌 것 같으나
새로운 것을 만들어 내는 행위는
참으로 지난(至難)한 일이다
그건 바로 세상 만물의 속성인
창조와 맞닿아 있기 때문이다
무작위로 찰나의 순간에
폭발적으로 발생하는
미세 영역에서의 나타남과 사라짐은
창조의 근원적인 형태이나
그것이 어떤 형태를 가진
물질의 형상으로 만들어지기까지는
참으로 긴 세월을 요한다
허나 이미 창조의 결과물인 인간은

그 억겁의 세월을 단숨에 뛰어넘어

새로운 창조가 깃든 결과물을 만들어 내니

그 일이 얼마나 경이로운 것인가

그래서 새로운 것을 만들어 낸 인간들은

막대한 부와 명예를 획득했고

창조라는 근원적인 일을 해 내었다는

그러한 존재의 기쁨이

그들을 가득 채웠을 것이다

아무리 어렵다고 하나

그 일도 당신과 똑같은 형식의 뇌를 가진

다른 인간이 해 내었으므로

그러므로 그대도 해 낼 수 있다

해 보라

긴 인고의 시간이 걸리더라도

멈추지 말고 해 보라

그대 안에 이미 창조가 있고

그래서 그대도 창조의 일부이니

그대도 창조를 행할 수 있음은

너무나 당연하여

의심의 여지조차 없다

무제 6225

자신의 두려움을 감추기 위해

타인에게 벽을 치고

심지어는 타인의 자유를 억압하기도 하니

이는 인간의 저급한 본성 중 하나

그러나 충분히 극복 가능하고

극복해야만 한다

그대가 지금 누구에게 벽을 치고

누구를 괴롭게 하고 있는지

그리하여

또한 자신을 얼마나 괴롭히고 있는지

냉철한 시선으로 돌아보라

무제 2553

물질이 인간에 주는 행복감은

인간 생존을 위한 진화의 산물이라

그리하여 그것이 곧

인간에게 주어진 선물 같은 것이나

그로 인해 탐욕이라는

치명적인 본성이 또한 주어졌으니

물질에 대한 탐욕이

곧 권력에 대한 탐욕으로 자라고

그것이 대규모로 타인을 억압하고

종국에서 학살이라는

인류가 저지를 수 있는

가장 잔혹한 죄악까지 초래한다

따라서 물질이 주는 행복감은

충분히 만끽하되

그를 넘치지 않게 항상 경계하라

모자라지 않으면 그로 족하나

대부분 인간은 넘치고 또 넘치길 원하니

다만 만족을 알고

거기서 멈출 수 있는 지혜를 구하라

무제 373

어딘가로 나아가려 함이라

그래서

무언가를 지나야 하고

어느 곳으로 들어가야 하니

지나는 방법과

들어가는 방법이

있을 것이라

무엇을 지나는지

어디로 들어가는지

그에 따라 각기 다른 방법이 있으니

방법을 모른다 하지 말고

방법을 찾아

그대가 지나가고 들어가면 될 것을

문이 있으면 그건 항상 열리는 것이니

열리지 않으면 그건 문이 아니라

단지 벽인 것을

벽조차 부수고 넘을 것이건만

하물며 열리는 문이랴

문은 열기 위해

열리기 위해 있는 것이니

단지 가고자 하는

그대 의지가 필요할 뿐이라

무제 7417

그대 자신을

당당하게 여길 줄 알아야 한다

그래야 그대 삶이 당당해지고

모든 이들에게 존중받을 수 있다

당당하다는 것과 교만하다는 것은

전혀 다른 것이다

스스로에게 당당한 이는

타인에게 오히려 겸손하다

무릇 스스로 당당하지 못한 이들이

교만을 떨게 마련

그러니 그대는 그대 스스로 당당하고

그대 스스로의 삶을

자신 있게 살아야 한다

그대라는 존재는 그 자체로 이미 신성하다

타인의 눈치를 살피지 말고

스스로에게 묻고 스스로 정의로우면

그걸로 되었다

그렇게 힘찬 보폭을 내디디며

앞으로 나아가라

무제 1001

하나의 입자가
이 우주 전체의 시공을 점유하고 있으니
그 모든 입자가
그 모든 시공을 겹쳐 점유하고 있다는 것
그렇다면
입자가 뭉쳐 현현(顯現)하는 모든 실체도
이 우주 전체 시공에 걸쳐있다는 것
존재는 우리가 쳐다보는 찰나
그 모습을 드러내나
그 모습이 과연 존재의 실제인지
단지 확률 덩어리를
인간 인지가 존재로 인식하고 있는 것인지
신비롭다기보다

오히려 섬뜩하고 소름 끼치는 그 증명

실체는 실제의 형태를 가진 무엇인가

단지 우리의 인지가

전체를 부분으로 인식하는 것인가

지금 나는 분명 여기 존재하는데

이 존재의 실체는

다른 존재와의 관계 속에서만

현현하는가

결국

존재는 모든 존재와 서로 이어져 있으며

원래 하나였고 지금도 하나이며

종국에도 하나일 뿐이라

무제 6438

때로 지나가게 놔둬야 하는 것들이 있다

때로 지나가게 놔둬야 하는 시간이 있다

슬픔이 후회가 고뇌가 외로움이 절망이

가공할 무게로 그대를 짓누르며 다가오면

한 발짝 비켜서서

그것이 스치듯 지나가게

그리 지나가게 기다릴 줄 알아야 한다

그때 그대 시선을

다른 곳으로 향하게 하는

그런 지혜와 용기와 결단이 필요하다

모든 것은 지나간다

그리고 모든 이들은

모든 것에서 벗어날 수 있다

굳이 맞설 필요 없는 것에 맞서지 마라

그냥 놔두어라

알아서 지나갈 것이니

무제 6269

다 같은 소리인데

어떤 소리는

천상에 오른 듯 황홀한 음악이고

어떤 소리는

귀를 찢을 듯 소음인지

소리는 공기의 진동이고

존재는 떨림으로 그 존재를 구현하니

형태는 모두 같은 것

파동의 결이 경이로운 질서로

생명체를 이루니

조화로운 진동을 아름답게 느끼며

결이 어긋난 진동을

견딜 수 없는 것이 당연한 이치

세상에 존재하는 모든 것은

진동의 결이

극히 규칙적인 질서의 조화로

서로 작용하여 탄생한 것

그리하여 결이 어긋난 영혼은

세상 만물과 조화를 이루지 못하고

모든 곳에서 겉돌기만 할 터

처음 맞아있던 것이 틀어졌으니

영혼은 단지 춤을 추며

원래의 그 결맞음 상태로

스며들면 그뿐이라

무제 86

인간은

서로를 끊임없이 판단하며 살아간다

내가 너를 판단하고 너도 나를 판단한다

그리고 또 다른 이를 판단하고

그 다른 이는 또 다른 이를 판단한다

그리하여 그물처럼 엮여 있는

판단의 사슬 속에

인간은 철저하게 억압되어

꼼짝 못 하게 묶여있다

무엇이 먼저인가

내가 저를 판단한 것이 먼저인가

저가 나를 판단한 것이 먼저인가

근데

그게 또 무슨 상관인가

그대 먼저 타인을 판단하지 말고

타인의 판단에 스스로를 얽어매지 말라

나의 자유를 먼저 존중하고

타인의 자유에 간섭하지 말라

그리하여 모든 영혼에 무한한 자유를 주라

무제 5224

사람이 가진 가장 심오한 능력 중 하나가

용서야

너무나 많이 접하고 쉬운 단어이나

너무나 자주 사용되고 쉽게 내뱉는 말이나

그 안에 함축된 의미는

깊고도 깊어

희생 사랑 연민 믿음

이 모든 추상적 개념들이

녹아들어 있는 행위가 바로

용서야

어느 한 가지도 쉬운 것이 없건만

용서는 이러한 모든 것을 아우르니

그래서 어렵고도 또 어려운 게 바로

용서지

그러나 많은 사람이

용서에 조건이나 이유를 달아

쉽게 이야기하니

이는 진정한 용서가 아니고

단지 스스로와의 타협일 뿐이야

아무런 조건이나 이유 없이

용서할 수 있는 그 마음을 얻어야

결국 스스로를 용서하는 단계에 이를 것이니

이때에야 비로소

고요하고 평안한 마음을 얻을 수 있을 거야

무제 499

세상 만물이 빙빙 도네

지구가 돌고

태양이 돌고

은하가 돌고

내 처한 현실이 돌고

내 주변 사람들이 돌고

내 운명이 도네

돌다 보면 또 그 자리

슬픔도 돌고

기쁨도 돌고

절망도 돌고

희망도 돌고

미움도 돌고

사랑도 돌고

돌다 보면 다시 돌아올 것을

왜 그리 급하게 돌까

이유는 간단해

그래서 살아있고

그게 살아있는 거니까

무제 4004

죽음은 끝이 아니라 새로운 시작이다

이번 생은 어쩔 수 없어

다음 생을 기대해야지

정말 그러한가

인간 존재의 시작과 확인은

그 의식으로 드러난다

의식이 곧 한 인간의 존재

그대 몸을 이루고 있는 입자는

분명 또 다른 인간의 몸을 이루는 입자로

편입될 것이나

그렇다고 그게

그대 의식의 재생은 아닐지니

그대라는 존재는

결코 다시 나타날 수 없다

실제로 그대 신체를 그대로

복사할 수는 있겠으나

그건 이미 그대가 아니다

그리하니 지금 그대 곁에 있는

유일한 그대 인생을

마음껏 즐기라

그대 오감으로 받아들일 수 있는

모든 인지를

한껏 느끼고

그 경이로운 감각들에 감사하며

살아있음을 자각하라

무제 637

운명이라는 것은 말이다

단시 상황의 결과물일 뿐이야

상황에 대한 핑곗거리이기도 하지

참 둘러대기 좋은 말이다

그리고 그 상황이라는 것은

각자가 만들어 가는 것

결국 상황에 따라가는 운명이라는 것도

스스로 만들어 나가는 것에 지나지 않아

그건 실제 운명이라는 말과는

전혀 다른 의미지

그렇다면

운명이 스스로 만들어 나가는 것이라면

그건 운명이라는 것은 없다는 거야

단지 그대가 만들어가는

그대 자신의 인생이 있을 뿐

무제 551

시간을 거슬러 올라가

전능한 위치에 서고 싶은 인간의 욕구

누구나 이를 한 번쯤 꿈꾸었을 것

지금 내가 있는 이 공간은

떠났다 다시 돌아올 수 있건만

왜 시간은 다시 되돌아가지 못하는가

수많은 천재들을 괴롭혀 온 이 문제

시간과 공간을 분리해 생각하는

인간의 한계

다시 돌아간 공간은 이미 다른 시간이라

시공이 하나이니

거긴 이미 다른 물리적 객체

마찬가지로

시간을 되돌아갈 수 있을 것이나

거긴 이미 다른 공간일 것

같은 시간에 같은 공간

같은 공간에 같은 시간

이 둘이 공존할 수는 없으니

입자의 불확정성과 다름이 아니라

이 우주 안에 있는 인간은

이 우주의 제약을 결코 벗어나지 못함이니

그리하니

이 지금에 집중하여

이 지금을 영위함이 마땅함이라

무제 1164

작은 선행을 탐하다

큰 선행을 놓쳐버리니

이는 무지의 소치이기는 하나

큰 죄악이 될 수도 있음이라

몰랐다고 항변하고

작은 선행을 행한 그 마음만 내세우나

몰랐다고 용서됨이 아니고

작은 선으로 큰 선을 내쳐

거악을 방관하는 결과를

초래할 수 있음이니

이로 인해 감당할 수 없는

큰 죄과가 쌓일 수 있음이라

그리하니 항상 정진함을 게을리하지 말고

많은 가르침을 받아들여야 하며

눈앞의 작은 일에 매달려

큰 상황을 놓치는 우를 범하지 말라

무제 219

난 기다리고 있어

내게 다가올 모든 것을

무엇이든 좋아

그 기다림의 설렘으로

난 항상 즐거움 속에

세상을 꾸며가

내게 다가오는

모든 것을 품을 준비를 하며

그것이 기쁨이 아니고 슬픔이라도

그것이 사랑이 아니라 이별이라도

그것이 희망이 아니라 절망이라도

내게 다가오는 그건 온전히 나의 것이니

그걸 받아들일 준비를 열심히 해야 해

언제 어디서 갑자기 다가올지도 몰라

무엇이든 놀라지 않고

차분하게 받아들일 거야

어려울 수도 있고 당황할 수도 있어

괴롭고 힘들 수도 있어

그래서 미리 준비하는 거야

그렇게 준비하다 보면

불안마저도

기다림의 설렘으로 바뀔 수 있으니까

그래서 기다림은 삶의 이유이기도 하지

살아있다는 걸

나의 모든 것으로 체험하고 있는 거니까